AF385319

APERÇU RAPIDE

DE LA SITUATION ET DES RESSOURCES

DE LA FRANCE,

SOUS LE RAPPORT DU CRÉDIT DE CIRCULATION, DU COURS DE LA DETTE EN RENTES, ET DES REVENUS PUBLICS ET PARTICULIERS.

PAR BERRYER PÈRE, AVOCAT.

A PARIS,

CHEZ DELAUNAY, LIBRAIRE AU PALAIS-ROYAL.

DÉCEMBRE 1818.

APERÇU RAPIDE

DE LA SITUATION ET DES RESSOURCES

DE LA FRANCE,

Sous le rapport du CRÉDIT de CIRCULATION, *du* COURS de la DETTE en RENTES, *et des* REVENUS PUBLICS *et* PARTICULIERS.

Décembre 1818.

Tantos..... componere fluctus.

Je n'aurais jamais pris sur moi d'écrire, à la hâte, sur des matières aussi graves, si les difficultés du moment, l'urgence des besoins, les résistances de la routine, ne m'avaient servi d'excuse.

Des traités, *ex professo*, sur ces matières, ont été publiés par des hommes supérieurs; mais aux temps des champarts, des dixmes, des priviléges, des systêmes et de l'arbitraire; mais dans des volumes qu'on ne lit pas.

Jamais pareille occasion ne fut donnée, de reproduire, en peu de mots, les vérités

A

élémentaires trop long-temps méconnues, qu'ils y avaient enseignées.

Toutes les entraves des exceptions ont disparu : la loi règle toutes les actions de l'autorité ; la force toujours présente du Gouvernement représentatif permet des propositions qu'on eût autrefois réputé novatrices, ou dont on eût pu abuser.

Une longue et profonde paix nous est garantie au dehors, par l'alliance de tous les trônes.

Notre tranquillité intérieure ne dépend plus, je l'ose croire, que de la conciliation des intérêts *pécuniaires*, dont la lésion démoralise les corps civilisés.

Des contrastes frappans nous avertissent fortement qu'il existe, dans le nôtre, un vice capital, puisque tant de parties se plaignent et accusent.

Il y a en France, grande abondance de toutes les choses nécessaires à la vie : assurance acquise de leur constante reproduction.

Et des privations de tout genre sont imposées à la multitude !

Rien n'égale la solidité de la fortune publique, assise sur un sol immense et fertile.

Et l'Etat n'a qu'un crédit précaire ; et il

reste en arrière sur des obligations sacrées !

Ce sol et l'industrie placent, aux mains des particuliers, des revenus incalculables.

Et tous les particuliers et les propriétaires eux-mêmes, éprouvent les plus cruels embarras !

Cette année surtout, des produits de toute espèce ont été récoltés.

Et l'on ne sait comment s'en aider !

Des emprunts extraordinaires ont été faits à l'Etranger.

Et les valeurs de ces emprunts sont, chez nous, presqu'indisponibles !

Tout le commerce de l'Europe est réuni, comme en congrès, à Paris, pour le soutien du crédit des rentes.

Et on ne voit encore que des tâtonnemens funestes !

Un Prince religieux, juste, sage, humain, éclairé, occupe le trône.

Et les esprits s'agitent ! !

D'où donc proviennent tant et de si fâcheuses singularités ?

N'est-ce pas que plusieurs membres du Corps social sont dans la souffrance ?

N'est-ce pas que les ressources acquises sont mal combinées ? N'est-ce pas que la théorie *des revenus* est mal entendue , et que,, dans la pratique , le revenu *générateur* de tous les autres est mal apprécié, ou mal régi? N'est-ce pas que le ressort , nécessaire pour en diriger l'emploi, a subi plus d'une altération ?

Partout où il y a des valeurs, de l'industrie et des consommateurs , il doit y avoir bien-être.

Il ne s'agit plus que de bien distribuer *le revenu* , par les échanges qui payent les services.

Je dirai plus tard ce qu'il me semble qu'il faudrait enfin admettre en France , comme principes dominans sur la matière *des revenus,* sur le *revenu générateur* principalement , qui est l'ame de notre machine sociale.

Je ne serai peut-être que l'écho des anciens , en rétablissant ce pivot de notre économie politique.

Mais provisoirement, ce sont les mesures transitoires à adopter qui doivent être les premières indiquées. J'entends par-là les bases à asseoir *d'un crédit de circulation.*

En voici d'abord l'ébauche. Viendra ensuite , toujours pour la transition , un coup-d'œil sur notre dette publique.

§. Ier. — *Du crédit de circulation.*

Tous les échanges de valeurs se font, avec le numéraire, ou par le crédit de circulation. Si le premier des signes d'échange, le numéraire, nous manque (du moins en suffisante quantité), il faut bien vîte créer l'autre.

Ce n'est plus un mystère pour personne : l'évidence a vaincu les plus incrédules. Le numéraire *circulant* manque actuellement à l'Europe : il manque dans toutes les places étrangères ; il manque plus particulièrement à la France, que ses revers en ont dépourvue·

Voilà ce que proclame, à tous, la note des cinq Plénipotentiaires, datée d'Aix-la-Chapelle, le 11 novembre dernier ; de ces premiers hommes d'Etat, aidés des lumières et des observations du haut commerce. Voilà ce que confirme le taux de l'intérêt de l'argent, *hors Banque*, depuis bien du temps ; et même *en Banque*, aujourd'hui.

Ou cette absence sentie du numéraire est absolue, ou elle n'est qu'accidentelle. Qu'elle soit absolue, qu'elle soit accidentelle, peu importe. De toutes manières, il faut pourvoir, et promptement, à ce que les canaux de la circulation ne soient pas plus long-temps privés des signes d'échange , qui animent tout.

Plus d'espoir , pour l'Europe , de les obtenir, au moins de sitôt, par les importations du Mexique , qui se dirigent aujourd'hui directement dans l'Inde , pour s'y enfouir.

Peu d'espérance aussi d'arracher les espèces métalliques *existantes* en France , à ces abîmes creusés par la peur des révolutions , par l'avarice ou par la manie des villageois.

Le crédit *commercial*, presque nul, facilite peu le mouvement des affaires.

La perte de nos plus fortes colonies , en rompant la balance des importations , par les exportations , nous grève de soultes métalliques *au dehors*.

Il faut donc , *au dedans*, un autre signe d'échange , qui , au plutôt , remplace dans le commerce , pour toutes les transactions , le numéraire manquant et qui s'allie avec celui qui circule encore.

Où trouver cet autre signe représentatif de toutes les valeurs , qui inspire autant de confiance que l'argent ? Tel est le problême à résoudre.

Il n'est, à coup sûr, pas insoluble.

Il y a nécessité qu'il soit résolu.

Essayons pour la France.

Toute la difficulté est dans la recherche de ce qui peut aujourd'hui constituer, chez nous, le véritable *crédit public* : et quand on en sera d'accord, dans l'adoption d'un signe qui se rattache à ses élémens.

Il ne faut pas songer à concentrer le crédit public, d'où le signe est à extraire, dans les valeurs, dans l'action, ni dans la main du Gouvernement. Des souvenirs trop récens et trop lamentables repousseraient tout type de circulation, qui serait créé par lui, ou qui paraîtrait être dans sa dépendance. Ici la rare sagesse, la loyauté, la légitimité du souverain ne feraient pas assez oublier les folies des empyriques et les préhensions des despotes.

Il ne faut pas se flatter non plus de fixer la confiance universelle, par les facultés, ni par les mesures d'aucune de nos compagnies financières ou commerçantes. Non qu'elles n'en soient dignes : mais elles n'offriraient que des garanties mobilières et morales ; le vulgaire ne dort qu'à côté de la matière, ou de son image.

Il faut encore moins parler d'aucun *papier forcé :* il n'est pas homogène avec l'argent ; il le ferait disparaître , il glacerait d'effroi.

On ne se familiarisera qu'avec un *papier libre* , dont le gage sera jugé impérissable.

Trouver ce gage, qui se recommande à la foi publique, c'est fonder le seul crédit qui puisse , à présent, s'implanter en France.

La France est un pays agricole et manufacturier. Ces deux indicateurs nous mettent sur la route,

Tout crédit est un prêt : on prête à la propriété, parce qu'elle est toujours solvable ; à la propriété productive par préférence, à celle surtout qui donne des produits *naturels,* ou qui *sert à créer* des produits *industriels.*

Donc c'est un crédit foncier, qui convient à la France agricole et manufacturière,

En matière de circulation, nous sommes à deux siècles de l'Angleterre : elle en est venue à adopter un papier monnaie qui n'est soutenu que par l'esprit public ; elle l'a adopté comme instrument de sa force. Son papier est devenu un levier immense qui étonne et fait mouvoir le globe. Il est l'inépuisable créateur d'une *dette publique colossale,* que sans cesse il alimente,

Ce qui a réussi là, échouerait ici. Notre confiance, abusée par des systêmes, ne peut plus se reposer que sur des *réalités.*

Et les *réalités*, pour nous, sont les propriétés immobilières, dont on nous rendra les maîtres, après les avoir déblayées.

Adoptons au moins ce berceau de notre crédit public; il est l'unique; la nécessité nous le commande; nous en sommes avertis; elle nous presse de toutes parts, au-dedans et au-dehors (1). La crise du jour, qui tourmente notre commerce, est un dernier signal.

---

§. II. — *Coup-d'œil sur la Dette publique en rentes.*

Quand on aurait eu la pensée de fonder,

---

(1) La note des Plénipotentiaires, du 11 novembre dernier, dit : « Les circonstances auraient rendu dési- » rable une augmentation du numéraire *ou de signes* » *qui le représentent*, pour absorber les nouvelles » rentes... »

Si cela est désirable pour le service d'une valeur de convenance, d'une propriété fictive et improductive; à plus forte raison, pour tous les emplois autrement urgens que réclament les propriétés productives.

en France, le crédit circulant, sur les valeurs du Gouvernement ou des Banques, ce qui arrive, au sujet des rentes, forcerait d'y re-
-noncer.

Jamais on ne vit pareil *imbroglio*.

C'en fut d'abord un bien étrange, que celui d'attirer sur une valeur *morte* et *improductive* en soi, comme la rente, les capitaux si nécessaires ailleurs, au soutien de la culture, à l'ali-
-mentation des fabriques et du vrai commerce. Ce fut une calamité que cet entraînement vers les produits rapides d'une spéculation facile, et qui n'était qu'un jeu, pour arriver plus vîte à une grosse fortune. Il a fait déserter le champ paternel et dédaigner les moyens lents, mais plus sûrs, d'accroître son patrimoine.

Mais même avec la tolérance de cette distraction de nos capitaux en faveur du trafic sur les rentes (1), rien ne ressemble

____

(1) La *Lettre à un Ami*, qui vient de paraître sous la date du 27 novembre 1818, à Paris, chez Le Nor-
mand, est, à ce sujet, une production remarquable. Elle nous donne 13 à 1400 millions, au plus, de numéraire *circulant*; et elle démontre mathématique-
ment que, quand les fonds publics *flottans* seraient la

à l'engagement des *administrations* financières et commerçantes, des capitalistes français, dans ce tourbillon fomenté par l'étran-
ger et par les agioteurs.

On a débuté, pour libérer l'Etat, par
créer des rentes au profit de Banquiers étrangers : c'était, disait-on, un emprunt *fait à*
l'Etranger, dont l'Etranger devait faire les
fonds et rester créancier. Rien de mieux : en
ce cas, nous conservions au moins notre numéraire, si nous n'avions pas le leur, puis-
qu'ils ne nous procuraient qu'une quittance.

Faire crédit à ces rentes, en ne les pla-
çant *qu'au dehors*, était pour les Banquiers
étrangers, chose possible, chose due.

Elles sont bien assises.

Elles sont ponctuellement payées.

Les premières leur ont été données au plus
bas prix,

Et données pour notre libération envers
les Puissances, avec des termes, qui, depuis,
ont été encore amplifiés.

On a payé à ces Banquiers *un fort loyer de*

---

manne du désert, nous pourrions à peine en solder
le capital, de suite, en écus.

leur argent. Ils ont dû le donner pour nous et nous laisser le nôtre.

On leur a payé un fort droit de commission ; ils ont dû faire nos affaires, ménager les intérêts nationaux.

Et comment ? En s'interdisant de rapporter les rentes sur notre marché, de suite, avant même d'avoir acquitté la délégation.

En tous cas, s'ils s'en étaient réservé le droit, c'était à nous de le neutraliser, en n'achetant pas. Nos intérêts étaient trop opposés aux leurs.

Au lieu de cette attitude négative, qu'avons-nous fait ?

Le commerce a acheté *et à la hausse.* Cette première faute a entraîné une sortie de numéraire, plus forte que si l'Etat eût soldé directement la contribution *au comptant.* L'Etat avait tiré une lettre de change *à très-longue échéance,* et les particuliers l'ont inconsidérément acquittée *à vue.*

Ce n'est pas tout : le commerce a réclamé contre la préférence donnée, aux Banquiers étrangers, pour le premier emprunt.

On l'a écouté !

On lui a donné le second, de 14,600,000 francs de rentes ; et le capital entier en est passé, par la filière du Trésor, à l'Etranger.

Ainsi s'est opérée, avec perte, la fusion des intérêts nationaux avec les intérêts étrangers.

Mais le pire, c'est que la latitude de bénéfices, laissée aux preneurs français, a fait fermenter, dans toutes les têtes, l'esprit de spéculation.

C'est que l'on a acheté à crédit ; c'est que l'agiotage s'est emparé de la rente ; c'est que l'apparition des agens de change seuls, sur le marché, comme vendeurs et comme acheteurs, a masqué maintes batteries.

Les marchés *fictifs* ont décuplé la masse des rentes *flottantes ;* et, chose inouie, ils ont fait hausser le prix des marchés *réels.*

La forme du jeu et la forme des ventes effectives étant la même, on a mis Ossa sur Pélion, Pélion sur Ossa.

Dieu sait ce que cette cacophonie a fait exporter de numéraire, *en reports, en différences, en primes.* Tous secrets merveilleux pour donner son argent *contre rien ! ! !*

..... Et pour demeurer encore débiteurs des funestes marchés que ces liquidations ne liquident pas.

Ce que nous voyons, c'est l'engorgement

du marché, c'est la crise, c'est la stupeur qui
lui succède.

Des mesures ont été prises, pour arrêter
la baisse des rentes flottantes, aux cours di-
versement calculés de 68 f. 50 c., 69 *immo-
bile*, 70 *escompté*.

Des secours, honorables par l'intention,
mais imprudens peut-être, ont été donnés.

Des positions ont été scrutées.

Des dispositions de propriété interdites.

Tous ces batardeaux ont produit stagnation
et reflux, dans un courant de négociations
aléatoires qui ne comportent aucune suspen-
sion.

Contractans, agens, tous ont été victimes,
hors les vendeurs créanciers, qui ont palpé
les *différences* de cours et qui ont toujours
leurs rentes.

En résultat, l'argent est sorti.

La marchandise, pure, solide en elle-
même, reste avariée sur le marché, parce
qu'il n'y a pas de quoi la payer. En eût-on
les moyens, convient-il de les sacrifier? Et à
quel prix?

Sur ces questions, quelle divergence d'a-
vis et de projets!

Les uns veulent qu'on *absorbe* la masse des

rentes flottantes, par les plus forts amortis-
semens possibles;

Les autres, qu'on *retire* seulement cette
masse du marché, pour un temps.

Ceux-là parlent de réémettre les 23,000
actions de Banque illégalement éteintes, et
d'en convertir le capital *en rentes*; de vendre
les biens des communes et de les doter en
rentes; de vendre les forêts domaniales
contre *des rentes*, etc., etc.

Ils veulent donc que tout le numéraire s'en
aille; car, en définitif, tous leurs viremens
aboutiront à des écus, et les écus aux Banques
étrangères qui possèdent les rentes.

Quant aux autres, ils proposent au haut
commerce de l'Etranger et de France, dont
les intérêts sont désormais confondus, de
verser les rentes dans une société en partici-
pation et en dépôt; d'ouvrir, sur ce dépôt,
une circulation dont les arrérages et le crédit le plus vaste qui fût jamais, feront aisé-
ment les frais au-dehors.

Cette Banque européenne, loyalement
régie, émettrait un papier libre ou billet au
porteur, qui aurait cours de monnaie; ou
qui, du moins, en ferait les fonctions pendant cinq ans, et qui serait d'autant plus avi-

dement recherché, que , représentatif des rentes déposées, il pourrait être productif d'intérêt pendant les cinq ans : la partie restée encore *mobile* des nouvelles rentes aurait le temps de se *classer*.

Ce papier de circulation s'éteindrait à mesure qu'il serait retiré du dépôt de la Banque, des rentes pour être vendues au comptant et aux cours régularisés dont on serait convenu, comme *minimum*.

Puissent les Plénipotentiaires du commerce européen , assemblés à Paris , former cette salutaire alliance, sur une valeur qui leur est si fortement garantie.

On a donné à espérer, en dernier lieu, une *immobilisation* de fortes parties de rentes, par la générosité de nouvelles concessions , sollicitées de quatre grandes Puissances. Livrons-nous encore à ce doux espoir.

Mais s'il faut s'occuper d'*amortissement*, si la fatalité veut que les intérêts individuels trop croisés, s'éloignent de ce mode *d'immobilisation* de la rente, alors tous les efforts doivent tendre *à l'amortir* au plutôt; mais autrement qu'en numéraire. Alors, il faut que la voie des exportations de nos produits en tous genres , en denrées et en marchandises ,

marchandises , données même au rabais ,
commence au moins à nous libérer notable-
ment. Des licences, des primes de sortie ,
doivent être accordées; les riches provisions
de l'année le permettent.

On peut ouvrir des tontines, dans les-
quelles la rente serait classée, puis éteinte.

On peut échanger la rente contre la con-
cession de canaux, de desséchemens, du bail
de certains droits (1).

On peut classer de suite les reconnais-
sances de liquidation.

Mais , dans toute hypothèse , il y a urgence
pour la purification de la Bourse.

Répression de l'agiotage ;

Interdiction de tous marchés LIBRES, A
TERMES, A PRIMES, *ou par* REPORTS, *d'un
mois sur l'autre ;*

Les seuls MARCHÉS AU COMPTANT, *criés en
quotité et en prix, et cotés à la Bourse ;*

Consommation , dans l'intervalle d'une

____

(1) Il a été, dit-on, proposé d'établir une taxe,
utile , même par sa perception , et aux propriétaires et
aux consommateurs, de la denrée principale; taxe
dont le seul produit non forcé , absorberait plus d'un
tiers de la dette publique, en peu d'années.

B

Bourse à l'autre, sauf les délais du trans-fert;

REMISE DES NOMS *ou avals de payemens,* dans cet intervalle;

Rappel des agens de change aux droits et aux devoirs de la simple entremise.

Tout cela est écrit dans les réglemens; c'est la force d'exécution qui ne l'est pas.

L'Etat, comme *Trésor*, n'a aucun intérêt immédiat, ni prochain, à la superfétation ni à la baisse momentanée du prix des rentes. Il les paye bien; là est la sauvegarde de son crédit personnel. Le crédit des rentiers, que sans doute il lui importe de protéger comme *Gouvernant*, ressortira plus tard des bonifications naturelles du cours.

Mais si le malheur veut que, malgré toutes les précautions, nos pertes en numéraire soient inévitables, hâtons-nous de les réparer par le crédit circulant.

De tout ce qui précède, il résulte que, quand il y aurait assez d'argent en circulation, pour payer les rentes que l'Etranger veut nous vendre, il serait très-impolitique de l'appliquer à de pareils soldes, qui le feraient sortir de France : bien impolitique aussi, d'attirer cette masse circulante, à la Bourse, où elle ne produira pas un grain de blé.

Il résulte qu'il y a nécessité de créer un papier de circulation pour l'intérieur.

Pour le choix de ce papier, que l'expérience des rentes nous serve de leçons : attachons-nous, pour le frapper, aux valeurs *réelles* et productives.

Revenons à la propriété du sol, aux soins de son *revenu.* C'est la clef de la voûte.

----

§. III. — *Théorie des Revenus publics et particuliers* (1).

C'est toujours la France essentiellement agricole, puis manufacturière, qu'il faut contempler.

Il faut la voir riche et pauvre.

Riche, par la nature, par l'industrie, et par le nombre de ses habitans.

Pauvre, par la méconnaissance de ses vraies richesses; par le détournement de ses capitaux; par l'arbitraire de l'impôt; par l'inégalité soutenue des recettes *fixes* et des dépenses *croissantes;* par la manie des em-

----

(1) Elle doit être *l'assise* de tout Budjet, qui autrement ne serait qu'un travail d'ordre, de réduction, d'économies ou d'ouverture d'emprunts.

prunts ; par la révolution , suite des emprunts.

Pauvre , parce qu'elle ne peut pas acquitter tous les services ; parce qu'au nombre des services, il faut ranger les indemnités dues, dans *l'intérieur,* aux parties lesées ; aussi bien qu'elles l'étaient à l'*extérieur*. L'amélioration notable, commandée, du sort des fonctionnaires, spirituels, civils, militaires, qui portent, ou qui ont porté le poids du jour; celle des victimes du sort : l'exécution des travaux nécessaires, pour le plus facile transport des produits avilis, ou annullés sur place.

Un Etat, qui ne remplit pas toute cette tâche , quand il le peut, reste au-dessous des obligations que lui imposent la justice et la raison.

Avant de vérifier s'il y a eu, ou non, méprise sur les moyens, *dans le passé* ; avant d'indiquer, sur les ressources de *l'avenir* , d'autres combinaisons qui en rendent plausible la suffisance, pour tous les actes d'humanité et même de munificence, je suppose concédés les principes que voici.

« Le premier emploi des capitaux est dû
» à la terre, qui fait tout exister et s'ac-
» croître, même l'industrie.

» Toutes les dépenses de sa culture, les
» besoins, le bénéfice du cultivateur sont à
» prélever sur les produits, avant l'impôt
» et le loyer de la terre.

» Il n'y a d'imposable que le *produit net.*

» Du loyer du sol se compose la fortune
» des propriétaires.

» Plus ce loyer leur apporte d'aisance,
» plus à leur tour, ils en communiquent aux
» classes industrieuses, créatrices de leurs
» jouissances.

» Les salaires successifs impriment, seuls,
» le mouvement au corps social.

» Pour les acquitter tous dans leur ordre
» naturel, ceux de la culture, ceux du fisc,
» ceux de la propriété, ceux de l'industrie,
» la valeur des produits territoriaux doit être
» toujours suffisante. »

Si ce sont là des vérités, si elles sont éter-
nelles : on n'a pas pu les méconnaître un
instant, sans compromettre l'action de la
machine; surtout si c'est le moteur qui a été
changé.

Les annales économiques ne déposent-
elles pas précisément d'altérations faites au
moteur; c'est-à-dire au cours des produits
fonciers ?

Ils ne pouvaient être tenus au niveau désirable, qu'autant qu'auraient été observées, pour eux, les variations du marc d'argent, du prix de la main-d'œuvre, du prix de toutes les choses nécessaires au moins à la culture, aux stricts besoins du cultivateur, à sa libération.

Dans le système adopté il y a deux siècles, on a craint l'aisance du cultivateur : on a voulu obtenir ses produits au rabais, afin de donner plus de développement, plus d'éclat aux manufactures.

De là les défenses d'exportation des blés, même de leur circulation d'une province à l'autre; les réductions indirectes du prix des marchés; le peu de scrupule sur la qualité des consommations; ce qui laissait toujours un superflu : l'affectation d'empêcher que le cours des denrées ne suivît le cours progressif du marc d'argent, quand celui-ci influait sur toutes les autres marchandises.

Delà aussi, par contre-coup, la réduction forcée, puis le déplacement du revenu public, et des revenus particuliers.

Il n'y a plus eu moyen d'imposer des produits avilis, sans risquer d'imposer *le capital ou les avances* (1). L'Etat a reçu *moins*,

---

(1) Il y a quelque chose d'irritant dans toutes les

et il n'a pas cessé de payer *plus* pour ses mêmes dépenses.

Il n'y a plus eu de possibilité de faire suivre, au prix des Baux en argent, la progression de toutes les valeurs.

Quand le bon Roi Henri voulait la poule au pot, le cultivateur pouvait l'y mettre, le propriétaire ne s'en privait pas, et Sully avait rempli le trésor de l'Etat.

Toute la science des traitans s'est depuis réduite à étendre les revenus publics , par des créations d'offices ou de privilèges, puis à suppléer à l'insuffisance des ressources, par le fatal expédient des emprunts (1). Les em-

---

impositions qui prennent sur les charges : comme aujourd'hui celles qui se perçoivent sur l'actif d'une faillite ou sur celui d'une succession , sans faire aucune déduction des dettes : si de telles perceptions exaspèrent les créanciers et les héritiers, elles plongent le cultivateur dans le désespoir, et la culture dans le cahos. Telle était l'aveugle exigeance de la dixme.

(1) Smith, quoiqu'Anglais, dit : « La science des » emprunts est celle des Gouvernans qui ne savent » pas discerner d'autres moyens de salut. » (Tome 4, Chap. 3, *in fine.*)

Plus loin, il observe que les emprunts sont nuisibles; en ce qu'il y a toujours des intérêts qui se payent à des Etrangers; en ce qu'ils détournent les prêteurs des sacrifices et des soins dus à la culture.

prunts ont amené le déficit, et le déficit la révolution.

En révolution, combien d'autres fléaux nous ont encore affligés et détournés du vrai but : une guerre éternelle, l'abus du crédit par les assignats, la mobilisation des deux tiers des rentes, les arriérés ; les deux extrêmes dans le prix des blés ; partout l'absence d'un modérateur.

1818! année de salut! rends-nous les sages erremens de l'administration de Sully. Si des siècles de déviation les ont obscurcis, fais qu'un continuateur de ce grand Ministre nous y ramène, sous un Prince non moins ami de son peuple.

Avant tout, que les capitaux effectifs, ou le crédit de circulation, soient, par prédilection, dirigés vers la culture ; qu'ils y soient tout naturellement portés, par l'œuvre même de la création du signe supplétif du numéraire.

Dette pour dette, si telle est la chose que le papier circulant doit représenter, mieux vaut s'attacher à la dette *hypothécaire*, contractée par *les particuliers* propriétaires du sol, qui seront des débiteurs plus contraignables que l'Etat, que *les administrations*, les compagnies qui spéculent : mieux vaut faire circuler comme gage pleinement disponible , la propriété mobilisée , ou des titres qui la représentent.

Directement ce sera la classe des propriétaires ; et avec elle la classe des cultivateurs qui recevra le premier secours. Eh ! quel sera-t-il ? L'extermination de l'usure , ce fléau terrible qui désole campagnes et usines.

D'après le relevé général des hypothèques inscrites sur le sol français, on en compte pour plusieurs milliards. Triste certitude, qui avertit, de plus en plus, de quelle langueur la culture est frappée. Mais cet excès même de la misère des propriétaires , est une ample matière à l'émission de billets circulans , de toute solidité.

Cette émission est demandée avec l'accent du besoin , par d'innombrables votes partis de tous les coins du Royaume. On ne peut y rester sourd, sans s'exposer à leur reporter les afflictions, au lieu des secours implorés : un *essai* d'émission , fait avec prudence et solennité, peut obtenir des résultats inespérés.

SECONDE DIRECTION.

Mettre toute son application à recréer le *revenu générateur* de tous les autres.

Comment ? en élevant les produits territoriaux à un taux régulier, uniforme, qui soit toujours *suffisant* pour couvrir amplement toutes les dépenses de la culture.

Comprendre dans ces *dépenses*, 1°. l'entretien de la famille du cultivateur ; 2°. un petit fonds de réserve, pour les cas imprévus, ou de bénéfice ; 3°. l'impôt foncier et mobilier ; 4°. *le loyer des terres ;* sans jamais intervertir cet ordre, ni laisser en souffrance aucune partie de ces services.

Pour maintenir ce taux satisfaisant des produits du sol, prendre en sévère considération :

1°. La quotité annuelle de ces produits eux-mêmes.

2°. L'importance des consommations de l'intérieur.

3°. Le prix actuel du mobilier vif et mort, des fournitures et des services dont le cultivateur ne peut pas se passer.

4°. Le plus ou le moins d'abondance des espèces circulantes.

De ces quatre régulateurs, le premier sera obtenu par des recensemens *provisoires*, confiés aux conseils de préfecture, par la classification *finale* des terres de chaque commune, c'est-à-dire par le cadastre.

Pour le second, des états de population revisés ; et comme notoirement, il y a toujours trop plein en produits, et trop peu de consommateurs au-dedans; sollicitude pour améliorer nos propres consommations, par leur extension sur tous les points et à tous les individus ; par l'amélioration de leur *qualité*, qu'éternellement le son en soit banni. Comme c'est le superflu de la denrée qui avilit les prix, des achats faits à propos sur les points où il se manifeste, en atténueront l'influence.

Formation de greniers d'abondance, ou de réserves obligées chez les fermiers.

Et quand les magasins seront pleins, liberté indéfinie d'exportation.

Quant aux autres régulateurs, ils sont plus positifs, et n'exigent qu'une observation constante, qui tienne en harmonie tous les prix à comparer.

TROISIÈME DIRECTION.

Une fois le revenu *générateur*, tenu à la hauteur des dépenses personnelles du cultivateur, c'est le revenu de l'Etat, c'est le revenu de la propriété qu'il doit immédiatement engendrer : l'Etat arrivant le premier, à cause du droit de protection, mais ne prenant jamais qu'avec la réserve, de la part du propriétaire dans le revenu.

Un prélèvement, sur le prix régularisé de chaque septier de récolte constaté, tel modéré qu'il soit, fournira au Trésor bien au-delà de tout ce que jamais l'on a osé espérer de la contribution foncière (1).

____

(1) Nous possédons 88 millions d'arpens de terres labourables. La difficulté n'est pas que les produits imposables manquent ; elle est toute entière, dans la science de leur appréciation et dans le nivellement des recettes et des dépenses, par celui des prix *progressifs*.

Combien de terres d'ailleurs nous restent à défricher, ou à fertiliser !

Le *travail*, source éternelle des richesses d'une nation, sera plus fructueusement dirigé vers ce but, que vers le commerce extérieur, pour lequel bien des marchés sont fermés. Ils le sont par l'habitude contractée pendant une si longue guerre, par nos voisins ou au-

Tous les prodiges sortiront de ce prix régularisé.

Et le premier de tous sera le revenu des
propriétaires, jusqu'à présent si mince, si
précaire, si inégal !

Les propriétaires ! Eh ! que sont-ils dans
notre ordre social, sinon les distributeurs
de la richesse à toutes les autres classes ? Sinon les tributaires de toutes les professions?
manœuvrerie, métiers, arts utiles ou frivo-
les ; tous, en multipliant les jouissances du
propriétaire, ne se partagent-ils pas son
revenu ?

Le grand art est donc de favoriser et de
soutenir l'accroissement de ce revenu prin-
cipal. Alors la loi pourrait rectifier, seule,
les *inégalités* du louage à longs termes.

Déjà il y a accroissement sensible des pro-

---

tres places du Continent, de s'approvisionner ailleurs
que chez nous. Ils le sont encore par l'élévation des
droits établis, aux douanes étrangères, sur l'importation
de nos produits. Tournons donc nos regards vers la
consommation intérieure. Agrandissons notre propre
marché, en procurant, à un plus grand nombre, les facultés nécessaires pour consommer davantage, ou en
surveillant mieux la qualité des consommations.

duits, en quotité ; depuis quelques années, le nombre des petits propriétaires en France s'est prodigieusement accru. Il s'en est suivi un notable perfectionnement de la culture. Ces facilités d'acquisitions, offertes aux cultivateurs, sont le plus sûr moyen de ramener les espèces dans la circulation.

Que serait-ce, si, en faisant suite à l'abolition du droit d'aubaine, notre Droit politique admettait les Etrangers, au moins à la transmission des propriétés immobilières, par succession ?

A l'avantage des propriétés disséminées, et plus commerçables, joignons celui d'avoir, dans les grands propriétaires, des administrateurs plus éclairés, plus expérimentés, de leur patrimoine : qu'ils cessent de rougir de l'exploiter par eux-mêmes. Qu'ils jettent les yeux sur ces fermes magnifiques de l'Angleterre où la propreté le dispute à la richesse, et fait un contraste si remarquable avec l'étalage des engrais et les traces d'un immense bétail ; avec le bruit, le mouvement et les déchets d'une basse-cour. Nos riches Colons, au sein de leurs habitations, offraient et offrent encore ce perfectionnement de la vie pastorale.

On trouve, en France, plusieurs de ces habitations rurales, notamment dans l'Isle de France et le Soissonnais, qui réunissent, presqu'au même degré, l'utile et l'agréable. Les familles, qui les exploitent avec tant de distinction, ont quelque chose de supérieur à la bourgeoisie ordinaire.

Et pourquoi donc ceux des citadins, qui sont inactifs et peu fortunés, ne préféreraient-ils pas ces vivifiantes retraites, aux tristes et stériles réduits dans lesquels ils se résignent à végéter ? Ils y échangeraient l'inertie et la pauvreté, contre l'activité et l'aisance. Ils y aideraient à la création du premier revenu. Avec le revenu générateur, tout sera sauf, même l'empire du luxe. N'oublions pas que nous y sommes soumis.

Notre France est le siége des institutions les plus nobles, le séjour des lumières, le temple du goût, l'habitation des arts, le foyer ardent de tous les genres d'industrie. Les mœurs de nos villes sont douces ; nous recherchons les jouissances. Notre caractère est brillant, actif, laborieux, partisan des richesses d'ostentation ; nos habitudes sont dispendieuses.

Rien, de ce composé de nos forces et de

nos faiblesses , ne sera retranché par l'admi-
nistrateur judicieux qu'aura calmé la sub-
sistance , procurée à tous les ouvriers, par
la continuité de l'ouvrage et le bon prix
des journées. Dans le cercle des besoins créés
et aux cours établis des autres objets nécessaires, la substance première sera toujours
la plus petite dépense.

Quelle doit donc être, en résumé , la di-
rection stable de notre économie politique
améliorée ?

Préexcellence de l'agriculture, comme de
la mère nourrice: l'industrie et le commerce
doivent tout recevoir d'elle et ne lui rien
ôter ; ils doivent, en reconnaissance de ses
bienfaits, aider à ses reproductions; l'industrie, en élaborant ses produits bruts; le commerce , en les transportant.

Ce ne sont encore là que des idées géné-
rales, succinctement reproduites , pour fixer
l'attention, au milieu de tant de discussions ,
que leur abandon a fait naître et que leur
adoption fera bientôt cesser.

Pour organiser les innombrables rouages
de cette économie politique, un ministère spé-
cial d'agriculture devrait, ce me semble, être
institué , qui fît procéder scrupuleusement

à toutes les vérifications; qui, ne dédaignant pas les notions pratiques, descendît jusqu'aux moindres détails de la culture, de ses perfectionnemens, de ses variations dans chaque localité; qui surveillât invisiblement les marchés, pour le maintien et la concordance des prix; qui éclairât les propriétaires et les fermiers par des instructions périodiques, adaptées aux climats, à la nature du sol; qui encourageât les efforts par des primes, et honorât les succès par des récompenses.

Un tel ministère, en peu d'années, aurait consolidé la fortune publique, par les développemens de celle des particuliers. Heureux l'accord, qui unira ainsi d'intérêt, et le créancier et le débiteur de l'impôt!

Espérons que tous les pouvoirs se réuniront franchement de cœur et d'intention, pour reconnaître et poser les bases de l'amélioration à laquelle nous aspirons. Sur ce point, il ne peut y avoir divergence d'opinions. Le salut commun, *quant aux choses*, comporte et commande l'unanimité, et l'unanimité seule fixe la confiance publique.

Que l'ouvrier, le cultivateur, le propriétaire, que le commerçant, le manufacturier, entrent en ce partage successif, équitable du revenu générateur : l'impôt n'aura plus rien d'onéreux. Le plus petit contribuable , en le payant , au lieu de murmures , chargera le percepteur de ses bénédictions pour le Souverain.

F I N.

Imprimerie Porthmann, rue Sainte-Anne, N°. 43 , Vis-à-vis la rue Villedot.